履 历

诗选 1972–1988

北岛集

履历

诗选 1972–1988

生活·讀書·新知 三联书店

北岛,1986年12月(肖全摄)

1979年9月9日在北京紫竹院公园。前排左起：史康成、芒克、黄锐、江河、徐晓；中排左起：鄂复明、刘念春、北岛、黑大春；后排左起：赵振先、刘建华、周楣英、王捷、甘铁生、万之。

《今天》第一期封面

油印本《今天》内页

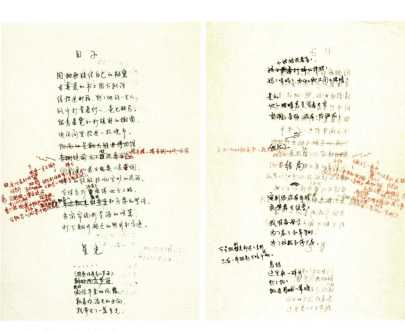

诗作《日子》初稿

 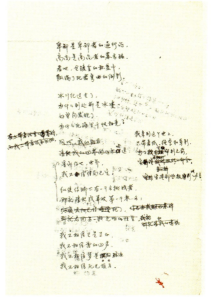

《履历》诗稿　　　　　诗作《回答》初稿

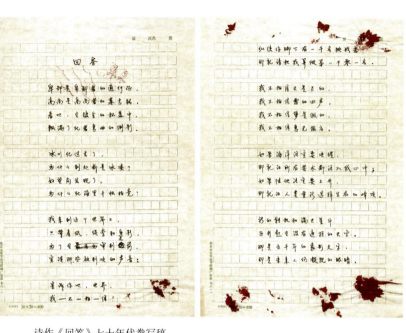

诗作《回答》七十年代誊写稿

三联版小序

窗户，纸和笔。无论昼夜，拉上厚窗帘，隔绝世上的喧嚣，这多年的习惯——写作从哪儿开始的？

面对童年，与那个孩子对视。皆因情起，寻找生命的根。从十五岁起，有个作家的梦想，根本没想到多少代价。恍如隔世，却近在咫尺：迷失、黑暗、苦难、生者与死者，包括命运。穿越半个世纪的不测风云——我头发白了。

按中国人说法，命与运。我谈到俄国诗人曼德尔施塔姆。除了外在命运，还有一种内在命运，即常说的使命。外在命运和使命之间相生相克。一个有使命感的人，必然与外在命运抗争，并引导外在命运。

十九岁那年当建筑工人，初试动笔，这是出发的起点。众人睡通铺，唯我独醒。微光下，读书做笔记，静夜，照亮尊严的时刻。六年混凝土工，五年铁匠，劳动是永恒的主题——与大地共呼吸。筑起地基，寻找文字的重心；大锤击打，进入诗歌的节奏。感谢师傅们，教我另一种知识。谁引领青春岁月，在时代高压下，在旱地的裂缝深埋种子。

四十不惑,迎风在海外漂泊。重新学习生活,为人之道,必诚实谦卑。幸运的是,遇上很多越界的人,走在失败的路上。按塞缪尔·贝克特的说法,失败,试了,失败,试了再试,多少好点儿。谁都不可能跨越,若有通道,以亲身体验穿过语言的黑暗。打开门窗,那移动的地平线,来自内在视野。

写作的人是孤独的。写作在召唤,有时沉默,有时叫喊,往往没有回声。写作与孤独,形影不离,影子或许成为主人。如果有意义的话,写作就是迷失的君王。在桌上,文字越过边缘,甚至延展到大地。如果说,远行与回归,而回归的路更长。

我总体愚笨。在七十年代地下文坛,他们出类拔萃,令我叹服,幸好互相取暖,砥砺激发。我性格倔强,摸黑,在歧路,不见棺材不掉泪。其实路没有选择,心是罗盘,到处是重重迷雾,只能往前走。

很多年过去了。回头看,沿着一排暗中的街灯,两三盏灭了,郁闷中有意外的欣喜:街灯明灭,勾缀成行,为了生者与死者。

北岛
2014 年 12 月 8 日

目 录

辑一（1972—1978）

3　你好，百花山
5　五色花
6　真　的
7　微笑·雪花·星星
8　日　子
9　太阳城札记
12　回　答
14　走　吧
16　一　切
17　回　忆
18　一　束
20　岛
25　岸
26　黄昏：丁家滩

辑二（1979—1983）

31　雨　夜
33　睡吧，山谷

35 船　票
38 无　题
39 桔子熟了
41 红帆船
43 习　惯
45 无　题
47 宣　告
48 结局或开始
53 港口的梦
55 迷　途
56 和　弦
58 界　限
59 枫叶和七颗星星
61 古　寺
63 十年之间
65 明天，不
66 传说的继续
67 爱情故事
68 雪　线
69 彗　星
71 走向冬天
74 归　程
76 祝　酒
77 你在雨中等待着我
79 履　历

81 无　题

82 同　谋

84 随　想

87 很多年

89 回　声

90 峭壁上的窗户

91 雨中纪事

93 关于传统

辑三（1984—1988）

97 八月的梦游者

99 这一步

100 另一种传说

102 无　题

103 地铁车站

104 无　题

105 孤　儿

106 菩　萨

108 诗　艺

109 挽　歌

110 可疑之处

112 自昨天起

113 在黎明的铜镜中

115 期　待

117 触　电

118 语　言

120 呼救信号

121 空　间

122 白日梦（长诗）

辑一

（1972—1978）

你好,百花山

琴声飘忽不定,
捧在手中的雪花微微震颤。
当阵阵迷雾退去,
显出旋律般起伏的峰峦。

我收集过四季的遗产,
山谷里,没有人烟。
采摘下的野花继续生长
开放,那是死亡的时间。

沿着原始森林的小路,
绿色的阳光在缝隙里流窜。
一只红褐色的苍鹰,
用鸟语翻译这山中恐怖的谣传。

我猛地喊了一声:

"你好,百——花——山——"
"你好,孩——子——"
回音来自遥远的瀑涧。

那是风中之风,
使万物应和,骚动不安。
我喃喃低语,
手中的雪花飘进深渊。

五色花

在深渊的边缘上,
你守护我每一个孤独的梦
——那风儿吹动草叶的喧响。

太阳在远方白白地燃烧,
你在水洼旁,投进自己的影子,
微波荡荡,沉淀了昨日的时光。

假如有一天你也不免凋残,
我只有个简单的希望:
保持着初放时的安详。

真 的

浓雾涂白了每一棵树干,
马棚披散的长发中,
野蜂飞舞。绿色的洪水
只是那被堤岸阻隔的黎明。

在这个早晨,
我忘记了我们的年龄。
冰在龟裂,石子
在水面留下了我们的指纹。

真的,这就是春天呵,
狂跳的心搅乱水中的浮云。
春天是没有国籍的,
白云是世界的公民。

和人类言归于好吧,
我的歌声。

微笑·雪花·星星

一切都在飞快地旋转,
只有你静静地微笑。

从微笑的红玫瑰上,
我采下了冬天的歌谣。

蓝幽幽的雪花呀,
你们在喳喳地诉说什么?

回答我,
星星永远是星星吗?

日　子

用抽屉锁住自己的秘密
在喜爱的书上留下批语
信投进邮箱,默默地站一会儿
风中打量着行人,毫无顾忌
留意着霓虹灯闪烁的橱窗
电话间里投进一枚硬币
向桥下钓鱼的老头要支香烟
河上的轮船拉响了空旷的汽笛
在剧场门口幽暗的穿衣镜前
透过烟雾凝视着自己
当窗帘隔绝了星海的喧嚣
灯下翻开褪色的照片和字迹

太阳城札记

生命

太阳也上升了

爱情

恬静。雁群飞过
荒芜的处女地
老树倒下了,嘎然一声
空中飘落着咸涩的雨

自由

飘
撕碎的纸屑

孩子

容纳整个海洋的图画

叠成了一只白鹤

姑娘

颤动的虹
采集飞鸟的花翎

青春

红波浪
浸透孤独的桨

艺术

亿万个辉煌的太阳
显现在打碎的镜子上

人民

月亮被撕成闪耀的麦粒
播在诚实的天空和土地

劳动

手,围拢地球

命运

孩子随意敲打着栏杆
栏杆随意敲打着夜晚

信仰

羊群溢出绿色的洼地
牧童吹起单调的短笛

和平

在帝王死去的地方
那枝老枪抽枝、发芽
成了残废者的拐杖

祖国

她被铸在青铜的盾牌上
靠着博物馆发黑的板墙

生活

网

回　答

卑鄙是卑鄙者的通行证，
高尚是高尚者的墓志铭，
看吧，在那镀金的天空中，
飘满了死者弯曲的倒影。

冰川纪过去了，
为什么到处都是冰凌？
好望角发现了，
为什么死海里千帆相竞？

我来到这个世界上，
只带着纸、绳索和身影，
为了在审判之前，
宣读那被判决了的声音：

告诉你吧，世界

我——不——相——信！
纵使你脚下有一千名挑战者，
那就把我算作第一千零一名。

我不相信天是蓝的，
我不相信雷的回声，
我不相信梦是假的，
我不相信死无报应。

如果海洋注定要决堤，
就让所有的苦水都注入我心中，
如果陆地注定要上升，
就让人类重新选择生存的峰顶。

新的转机和闪闪星斗，
正在缀满没有遮拦的天空，
那是五千年的象形文字，
那是未来人们凝视的眼睛。

走 吧

——给L

走吧,
落叶吹进深谷,
歌声却没有归宿。

走吧,
冰上的月光,
已从河床上溢出。

走吧,
眼睛望着同一块天空,
心敲击着暮色的鼓。

走吧,
我们没有失去记忆,
我们去寻找生命的湖。

走吧,

路呵路,

飘满红罂粟。

一 切

一切都是命运

一切都是烟云

一切都是没有结局的开始

一切都是稍纵即逝的追寻

一切欢乐都没有微笑

一切苦难都没有泪痕

一切语言都是重复

一切交往都是初逢

一切爱情都在心里

一切往事都在梦中

一切希望都带着注释

一切信仰都带着呻吟

一切爆发都有片刻的宁静

一切死亡都有冗长的回声

回 忆

烛光

在每一张脸上摇曳

没有留下痕迹

影子的浪花

轻击着雪白的墙壁

挂在墙上的琴

暗中响起

仿佛映入水中的桅灯

窃窃私语

一 束

在我和世界之间
你是海湾,是帆
是缆绳忠实的两端
你是喷泉,是风
是童年清脆的呼喊

在我和世界之间
你是画框,是窗口
是开满野花的田园
你是呼吸,是床头
是陪伴星星的夜晚

在我和世界之间
你是日历,是罗盘
是暗中滑行的光线
你是履历,是书签

是写在最后的序言

在我和世界之间
你是纱幕,是雾
是映入梦中的灯盏
你是口笛,是无言之歌
是石雕低垂的眼帘
在我和世界之间
你是鸿沟,是池沼
是正在下陷的深渊
你是栅栏,是墙垣
是盾牌上永久的图案

岛

1

你在雾海中航行
没有帆
你在月夜下停泊
没有锚

路从这里消失
夜从这里开始

2

没有标志
没有清晰的界限
只有浪花祝祷的峭崖
留下岁月那沉闷的痕迹
和一点点威严的纪念

孩子们走向沙滩
月光下,远处的鲸鱼
正升起高高的喷泉

3

鸥群醒了
翅膀接连着翅膀
叫声那么凄厉
震颤着每片合欢树叶
和孩子的心

在这小小的世界上
难道唤醒的只是痛苦

4

地平线倾斜了
摇晃着,翻转过来
一只海鸥坠落而下
热血烫卷了硕大的蒲叶

那无所不在的夜色

遮掩了枪声

——这是禁地

这是自由的结局

沙地上插着一支羽毛的笔

带着微温的气息

它属于颤抖的船舷和季节风

属于岸,属于雨的斜线

昨天或明天的太阳

如今却在这里

写下死亡所公开的秘密

5

每个浪头上

浮着一根闪光的羽毛

孩子们堆起小小的沙丘

海水围拢过来

像花圈,清冷地摇动

月光的挽联铺向天边

6

呵，棕榈
是你的沉默
举起叛逆者的剑
又一次
风托起头发
像托起旗帜迎风招展

最后的疆界
永远在孩子们的心里

7

夜，迎风而立
为浩劫
为潜伏的凶手
铺下柔软的地毯
摆好一排排贝壳的杯盏

8

有了无罪的天空就够了
有了天空就够了

听吧,琴
在召唤失去的声音

岸

陪伴着现在和以往
岸,举着一根高高的芦苇
四下眺望
是你
守护着每一个波浪
守护着迷人的泡沫和星星
当呜咽的月亮
吹起古老的船歌
多么忧伤

我是岸
我是渔港
我伸展着手臂
等待穷孩子的小船
载回一盏盏灯光

黄昏:丁家滩

——赠 M 和 B

黄昏,黄昏
丁家滩是你蓝色的身影
黄昏,黄昏
情侣的头发在你肩头飘动

是她,抱着一束白玫瑰
用睫毛掸去上面的灰尘
那是自由写在大地上
殉难者圣洁的姓名

是他,用指头去穿透
从天边滚来烟圈般的月亮
那是一枚订婚的金戒指
姑娘黄金般缄默的嘴唇

嘴唇就是嘴唇

即使没有一个字
呼吸也会在山谷里
找到共同的回声

黄昏就是黄昏
即使有重重阴影
阳光也会同时落入
他们每个人心中

夜已来临
夜,面对四只眼睛
这是一小片晴空
这是等待上升的黎明

辑二

（1979—1983）

雨 夜

当水洼里破碎的夜晚
摇着一片新叶
像摇着自己的孩子睡去
当灯光串起雨滴
缀饰在你肩头
闪着光,又滚落在地
你说,不
口气如此坚决
可微笑却泄露了你内心的秘密

低低的乌云用潮湿的手掌
揉着你的头发
揉进花的芳香和我滚烫的呼吸
路灯拉长的身影
连接着每个路口,连接着每个梦
用网捕捉着我们的欢乐之谜

以往的辛酸凝成泪水

沾湿了你的手绢

被遗忘在一个黑漆漆的门洞里

即使明天早上

枪口和血淋淋的太阳

让我交出自由、青春和笔

我也决不会交出这个夜晚

我决不会交出你

让墙壁堵住我的嘴唇吧

让铁条分割我的天空吧

只要心在跳动,就有血的潮汐

而你的微笑将印在红色的月亮上

每夜升起在我的小窗前

唤醒记忆

睡吧,山谷

睡吧,山谷
快用蓝色的云雾蒙住天空
蒙住野百合苍白的眼睛
睡吧,山谷
快用雨的脚步去追逐风
追逐布谷鸟不安的啼鸣

睡吧,山谷
我们躲在这里
仿佛躲进一个千年的梦中
时间不再从草叶上滑过
太阳的钟摆停在云层后面
不再摇落晚霞和黎明

旋转的树林
甩下无数颗坚硬的松果

护卫着两行脚印
我们的童年和季节一起
走过那条弯弯曲曲的小路
花粉沾满了荆丛

呵，多么寂静
抛出去的石子没有回声
也许，你在探求什么
——从心到心
一道彩虹正悄然升起
——从眼睛到眼睛

睡吧，山谷
睡吧，风
山谷，睡在蓝色的云雾里
风，睡在我们的手掌中

船　票

他没有船票
又怎能登上甲板
铁锚的链条哗哗作响
也惊动这里的夜晚

海呵，海
退潮中上升的岛屿
和心一样孤单
没有灌木丛柔和的影子
没有炊烟
划出闪电的船桅
又被闪电击成了碎片
无数次风暴
在坚硬的鱼鳞和贝壳上
在水母小小的伞上
留下了静止的图案

一个古老的故事
在浪花与浪花之间相传

他没有船票

海呵,海
密集在礁石上的苔藓
向赤裸的午夜蔓延
顺着鸥群暗中发光的羽毛
依附在月亮表面
潮水沉寂了
海螺和美人鱼开始歌唱

他没有船票

岁月并没有从此中断
沉船正生火待发
重新点燃了红珊瑚的火焰
当浪峰耸起
死者的眼睛闪烁不定

从海洋深处浮现

他没有船票

是呵,令人晕眩
那片晾在沙滩上的阳光
多么令人晕眩

他没有船票

无 题

把手伸给我

让我那肩头挡住的世界

不再打扰你

假如爱不是遗忘的话

苦难也不是记忆

记住我的话吧

一切都不会过去

即使只有最后一棵白杨树

像没有铭刻的墓碑

在路的尽头耸立

落叶也会说话

在翻滚中褪色、变白

慢慢地冻结起来

托起我们深深的足迹

当然,谁也不知道明天

明天从另一个早晨开始

那时我们将沉沉睡去

桔子熟了

桔子熟了
装满阳光的桔子熟了

让我走进你的心里
带着沉甸甸的爱

桔子熟了
表皮喷着细细的水雾

让我走进你的心里
忧伤化为欢乐的源泉

桔子熟了
苦丝网住了每瓣果实

让我走进你的心里

找到自己那破碎的梦

桔子熟了

装满阳光的桔子熟了

红帆船

到处都是残垣断壁

路,怎么从脚下延伸

滑进瞳孔里的一盏盏路灯

滚出来,并不是晨星

我不想安慰你

在颤抖的枫叶上

写满关于春天的谎言

来自热带的太阳鸟

并没有落在我们的树上

而背后的森林之火

不过是尘土飞扬的黄昏

如果大地早已冰封

就让我们面对着暖流

走向海

如果礁石是我们未来的形象

就让我们面对着海

走向落日

不，渴望燃烧

就是渴望化为灰烬

而我们只求静静地航行

你有飘散的长发

我有手臂，笔直地举起

习 惯

我习惯了你在黑暗中为我点烟
火光摇晃,你总是悄悄地问
猜猜看,我烫伤了什么

我习惯了你坐在船头低吟
木桨淌着水,击碎雾中的阳光
你拖着疲乏而任性的步子
不肯在长椅上重温我们的旧梦
和我一起奔跑,你的头发甩来甩去
隔着肩头满不在乎地笑笑

我习惯了你在山谷中大声呼喊
然后倾听两个名字追逐时的回响
抱起书,你总要提出各种问题
一边撇着嘴,一边把答案写满小手
在冬天,在蓝幽幽的路灯下

你的呵气像围巾绕在我的脖子上

是的,我习惯了
你敲击的火石灼烫着
我习惯了的黑暗

无 题

在你呼吸的旋律中
我请求：夜
把往事收进瓷瓶
于是花瓣合拢
一片枯叶
落在打开的书上
尘埃缓缓腾起

我悄悄离去
带走了那本书
其中有你的一页
你的诅咒
你的爱
都已成为镜中的火焰
消失在另一个
更孤寂的世界里

一串钥匙

在寂静的小巷歌唱

别回过头去

别看沉入夜雾的窗户

窗帘后面,梦

在波浪般的头发中

喧响

宣 告

——献给遇罗克

也许最后的时刻到了
我没有留下遗嘱
只留下笔,给我的母亲
我并不是英雄
在没有英雄的年代里
我只想做一个人

宁静的地平线
分开了生者和死者的行列
我只能选择天空
决不跪在地上
以显出刽子手们的高大
好阻挡那自由的风

从星星的弹孔中
将流出血红的黎明

结局或开始

——献给遇罗克

我，站在这里
代替另一个被杀害的人
为了每当太阳升起
让沉重的影子像道路
穿过整个国土

悲哀的雾
覆盖着补丁般错落的屋顶
在房子与房子之间
烟囱喷吐着灰烬般的人群
温暖从明亮的树梢吹散
逗留在贫困的烟头上
一只只疲倦的手中
升起低沉的乌云

以太阳的名义

黑暗在公开地掠夺
沉默依然是东方的故事
人民在古老的壁画上
默默地永生
默默地死去

呵，我的土地
你为什么不再歌唱
难道连黄河纤夫的绳索
也像绷断的琴弦
不再发出鸣响
难道时间这面晦暗的镜子
也永远背对着你
只留下星星和浮云

我寻找着你
在一次次梦中
一个个多雾的夜里或早晨
我寻找春天和苹果树
蜜蜂牵动的一缕缕微风

我寻找海岸的潮汐
浪峰上的阳光变成的鸥群
我寻找砌在墙里的传说
你和我被遗忘的姓名

如果鲜血会使你肥沃
明天的枝头上
成熟的果实
会留下我的颜色

必须承认
在死亡白色的寒光中
我,战栗了
谁愿意做陨石
或受难者冰冷的塑像
看着不熄的青春之火
在别人的手中传递
即使鸽子落到肩上
也感不到体温和呼吸
它们梳理一番羽毛

又匆匆飞去

我是人
我需要爱
我渴望在情人的眼睛里
度过每个宁静的黄昏
在摇篮的晃动中
等待着儿子第一声呼唤
在草地和落叶上
在每一道真挚的目光上
我写下生活的诗
这普普通通的愿望
如今成了做人的全部代价
一生中
我曾多次撒谎
却始终诚实地遵守着
一个儿时的诺言
因此，那与孩子的心
不能相容的世界
再也没有饶恕过我

我，站在这里

代替另一个被杀害的人

没有别的选择

在我倒下的地方

将会有另一个人站起

我的肩上是风

风上是闪烁的星群

也许有一天

太阳变成了萎缩的花环

垂放在

每一个不屈的战士

森林般生长的墓碑前

乌鸦，这夜的碎片

纷纷扬扬

港口的梦

当月光层层涌入港口
这夜色仿佛透明
一级级磨损的石阶
通向天空
通向我的梦境

我回到了故乡
给母亲带回珊瑚和盐
珊瑚长成林木
盐,融化了冰层
姑娘们的睫毛
抖落下成熟的麦粒
峭壁衰老的额头
吹过湿润的风
我的情歌
到每扇窗户里去做客

酒的泡沫溢到街上

变成一盏盏路灯

我走向霞光照临的天际

转过身来

深深地鞠了一躬

浪花洗刷着甲板和天空

星星在罗盘上

找寻自己白昼的方位

是的,我不是水手

生来就不是水手

但我把心挂在船舷

像锚一样

和伙伴们出航

迷　途

沿着鸽子的哨音
我寻找着你
高高的森林挡住了天空
小路上
一颗迷途的蒲公英
把我引向蓝灰色的湖泊
在微微摇晃的倒影中
我找到了你
那深不可测的眼睛

和　弦

树林和我

紧紧围住了小湖

手伸进水里

搅乱雨燕深沉的睡眠

风孤零零的

海很遥远

我走到街上

喧嚣被挡在红灯后面

影子扇形般打开

脚印歪歪斜斜

安全岛孤零零的

海很遥远

一扇蓝色的窗户亮了

楼下,几个男孩

拨动着吉它吟唱
烟头忽明忽暗
野猫孤零零的
海很遥远

沙滩上，你睡着了
风停在你的嘴边
波浪悄悄涌来
汇成柔和的曲线
梦孤零零的
海很遥远

界　限

我要到对岸去

河水涂改着天空的颜色
也涂改着我
我在流动
我的影子站在岸边
像一棵被雷电烧焦的树

我要到对岸去

对岸的树丛中
惊起一只孤独的野鸽
向我飞来

枫叶和七颗星星

世界小得像一条街的布景
我们相遇了,你点点头
省略了所有的往事
省略了问候
也许欢乐只是一个过程
一切都已经结束
可你为什么还戴着那块红头巾
看看吧,枫叶装饰的天空
多么晴朗,阳光
已移向最后一扇玻璃窗

巨大的屋顶后面
那七颗星星升起来
不再像一串成熟的葡萄
这是又一个秋天
当然,路灯就要亮了

我多想看看你的微笑

宽恕而冷漠

还有那平静的目光

路灯就要亮了

古　寺

消失的钟声

结成蛛网,在裂缝的柱子里

扩散成一圈圈年轮

没有记忆,石头

空濛的山谷里传播回声的

石头,没有记忆

当小路绕开这里的时候

龙和怪鸟也飞走了

从房檐上带走喑哑的铃铛

荒草一年一度

生长,那么漠然

不在乎它们屈从的主人

是僧侣的布鞋,还是风

石碑残缺,上面的文字已经磨损

仿佛只有在一场大火之中

才能辨认,也许

会随着一道生者的目光

乌龟在泥土中复活

驮着沉重的秘密,爬出门坎

十年之间

在被遗忘的土地上

岁月,和马轭上的铃铛纠缠

彻夜作响,路也在摇晃

重负下的喘息改编成歌曲

被人们到处传唱

女人的项链在咒语声中

应验似地升入夜空

荧光表盘淫荡地随意敲响

时间诚实得像一道生铁栅栏

除了被枯枝修剪过的风

谁也不能穿越或往来

仅仅在书上开放过的花朵

永远被幽禁,成了真理的情妇

而昨天那盏被打碎了的灯

在盲人的心中却如此辉煌

直到被射杀的时刻

在突然睁开的眼睛里

留下凶手最后的肖像

明天,不

这不是告别
因为我们并没有相见
尽管影子和影子
曾在路上叠在一起
像一个孤零零的逃犯

明天,不
明天不在夜的那边
谁期待,谁就是罪人
而夜里发生的故事
就让它在夜里结束吧

传说的继续

古老的陶罐上
早有关于我们的传说
可你还在不停地问
这是否值得
当然,火会在风中熄灭
山峰也会在黎明倒塌
融进殡葬夜色的河
爱的苦果
将在成熟时坠落
此时此地
只要有落日为我们加冕
随之而来的一切
又算得了什么
——那漫长的夜
辗转而沉默的时刻

爱情故事

毕竟,只有一个世界
为我们准备了成熟的夏天
我们却按成年人的规则
继续着孩子的游戏
不在乎倒在路旁的人
也不在乎搁浅的船

然而,造福于恋人的阳光
也在劳动者的脊背上
铺下漆黑而疲倦的夜晚
即使在约会的小路上
也会有仇人的目光相遇时
降落的冰霜

这不再是一个简单的故事
在这个故事里
有我和你,还有很多人

雪　线

忘掉我说过的话

忘掉空中被击落的鸟

忘掉礁石

让它们再次沉没

甚至忘掉太阳

在那永恒的位置上

只有一盏落满灰尘的灯

照耀着

雪线以上的峭崖

历尽一次次崩塌后

默默地封存着什么

雪线下

溪水从柔和的草滩上

涓涓流过

彗　星

回来，或永远走开
别这样站在门口
如同一尊石像
用并不期待回答的目光
谈论我们之间的一切

其实难以想象的
并不是黑暗，而是早晨
灯光将怎样延续下去
或许有彗星出现
拖曳着废墟中的瓦砾
和失败者的名字
让它们闪光、燃烧、化为灰烬

回来，我们重建家园
或永远走开，像彗星那样

灿烂而冷若冰霜
摈弃黑暗，又沉溺于黑暗中
穿过连接两个夜晚的白色走廊
在回声四起的山谷里
你独自歌唱

走向冬天

风,把麻雀最后的余温
朝落日吹去

走向冬天
我们生下来不是为了
一个神圣的预言,走吧
走过驼背的老人搭成的拱门
把钥匙留下
走过鬼影幢幢的大殿
把梦魇留下
留下一切多余的东西
我们不欠什么
甚至卖掉衣服,鞋
和最后一份口粮
把叮当作响的小钱留下

走向冬天

唱一支歌吧

不祝福,也不祈祷

我们绝不回去

装饰那些漆成绿色的叶子

在失去诱惑的季节里

酿不成酒的果实

也不会变成酸味的水

用报纸卷支烟吧

让乌云像狗一样忠实

像狗一样紧紧跟着

擦掉一切阳光下的谎言

走向冬天

不在绿色的淫荡中

堕落,随遇而安

不去重复雷电的咒语

让思想省略成一串串雨滴

或者在正午的监视下

像囚犯一样从街上走过

狠狠踩着自己的影子
或者躲进帷幕后面
口吃地背诵死者的话
表演着被虐待狂的欢乐

走向冬天
在江河冻结的地方
道路开始流动
乌鸦在河滩的鹅卵石上
孵化出一个个月亮
谁醒了,谁就会知道
梦将降临大地
沉淀成早上的寒霜
代替那些疲倦不堪的星星
罪恶的时间将要中止
而冰山连绵不断
成为一代人的塑像

归　程

汽笛长鸣不已
难道你还想数清
那棵梧桐上的乌鸦
默默地记住我们
仿佛凭借这点点踪影
就不会迷失在另一场梦中

陈叶和红色的蓓蕾
在灌木丛上摇曳
其实并没有风
而藏匿于晨光中的霜
穿越车窗时
留下你苍白的倦容

是的，你不顾一切
总要踏上归程

昔日的短笛

在被抛弃的地方

早已经繁衍成树林

守望道路，廓清天空

祝 酒

这杯中盛满了夜晚
没有灯光,房子在其中沉浮
柏油路的虚线一直延伸到云层
没有上升的气流,想想
昨天,在闪电之间寻找安宁
雨燕匆匆地出入城楼
没有沾上尘土
而一支支枪和花束
排成树林,对准了情人的天空
夏天过去了,红高粱
从一顶顶浮动的草帽上走来
不幸的成熟或死亡
都无法拒绝,在你的瞳孔里
夜色多么温柔,谁
又能阻止两辆雾中对开的列车
在此刻相撞

你在雨中等待着我

你在雨中等待着我

路通向窗户深处

月亮的背面一定很冷

那年夏夜,白马

和北极光驰过

我们曾久久地战栗

去吧,你说

别让愤怒毁灭了我们

就像进入更年期的山那样

无法解脱

从许多路口,我们错过

却在一片沙漠中相逢

所有的年代聚集在这里

鹰,还有仙人掌

聚集在这里

比热浪中的幻影更真实

只要惧怕诞生,惧怕

那些来不及戴上面具的笑容

一切就和死亡有关

那年夏夜并不是终结

你在雨中等待着我

履 历

我曾正步走过广场

剃光脑袋

为了更好地寻找太阳

却在疯狂的季节里

转了向,隔着栅栏

会见那些表情冷漠的山羊

直到从盐碱地似的

白纸上看到理想

我弓起了脊背

自以为找到表达真理的

唯一方式,如同

烘烤着的鱼梦见海洋

万岁!我只他妈喊了一声

胡子就长出来了

纠缠着,像无数个世纪

我不得不和历史作战

并用刀子与偶像们

结成亲眷,倒不是为了应付

那从蝇眼中分裂的世界

在争吵不休的书堆里

我们安然平分了

倒卖每一颗星星的小钱

一夜之间,我赌输了

腰带,又赤条条地回到世上

点着无声的烟卷

是给这午夜致命的一枪

当天地翻转过来

我被倒挂在

一棵墩布似的老树上

眺望

无 题

积怨使一滴水变得混浊
我疲倦了,风暴
搁浅在沙滩上
那桅杆射中的太阳
是我内心的囚徒,而我
却被它照耀的世界所放逐
礁石,这异教徒的黑色祭坛
再也没有什么可供奉
除了自己,去打开或合上
那本喧嚣的书

同　谋

很多年过去了，云母
在泥沙里闪着光芒
又邪恶，又明亮
犹如蝮蛇眼睛中的太阳
手的丛林，一条条歧路出没
那只年轻的鹿在哪儿
或许只有墓地改变这里的
荒凉，组成了市镇
自由不过是
猎人与猎物之间的距离
当我们回头望去
在父辈们肖像的广阔背景上
蝙蝠划出的圆弧，和黄昏
一起消失

我们不是无辜的

早已和镜子中的历史成为

同谋,等待那一天

在火山岩浆里沉积下来

化作一股冷泉

重见黑暗

随 想

黄昏从烽火台上升起
在这界河的岛屿上
一个种族栖息
又蔓延,土地改变了颜色
神话在破旧的棉絮下
梦的妊娠也带着箭毒扩散时
痛苦的悸动,号角沉寂
尸骨在夜间走动
在妻子不断涌出的泪水中
展开了白色的屏风
遮住那通向远方的门

东方,这块琥珀里
是一片苍茫的岸
芦苇丛驶向战栗的黎明
渔夫舍弃了船,炊烟般离去

历史从岸边出发
砍伐了大片的竹林
在不朽的简册上写下
有限的文字

墓穴里,一盏盏长明灯
目睹了青铜或黄金的死亡
还有一种死亡
小麦的死亡
在那刀剑交叉的空隙中
它们曾挑战似地生长
点燃阳光,灰烬覆盖着冬天
车轮倒下了
沿着辐条散射的方向
被风沙攻陷的城池
是另一种死亡,石碑
包裹在丝绸般柔软的苔藓里
如同熄灭了的灯笼

只有道路还活着

那勾勒出大地最初轮廓的道路
穿过漫长的死亡地带
来到我的脚下,扬起了灰尘
古老的炮台上空一朵朵硝烟未散
我早已被铸造,冰冷的铸铁内
保持着冲动,呼唤
雷声,呼唤从暴风雨中归来的祖先
而千万个幽灵从地下
长出一棵孤独的大树
为我们蔽荫,让我们尝到苦果
就在这出发之时

很多年

这是你,这是
被飞翔的阴影困扰的
你,忽明忽暗
我不再走向你
寒冷也让我失望
很多年,冰山形成以前
鱼曾浮出水面
沉下去,很多年
我小心翼翼
穿过缓缓流动的夜晚
灯火在钢叉上闪烁
很多年,寂寞
这没有钟的房间
离去的人也会带上
钥匙,很多年
在浓雾中吹起口哨

桥上的火车驶过
一个个季节
从田野的小车站出发
为每棵树逗留
开花结果,很多年

回　声

你走不出这峡谷
在送葬的行列
你不能单独放开棺木
与死亡媾和,让那秋天
继续留在家中
留在炉旁的洋铁罐里
结出不孕的蓓蕾
雪崩开始了——
回声找到你和人们之间
心理上的联系:幸存
下去,幸存到明天
而连接明天的
一线阳光,来自
隐藏在你胸中的钻石
罪恶的钻石
你走不出这峡谷,因为
被送葬的是你

峭壁上的窗户

黄蜂用危险的姿势催开花朵
信已发出,一年中的一天
受潮的火柴不再照亮我
狼群穿过那些变成了树的人们
雪堆骤然融化,表盘上
冬天的沉默断断续续
凿穿岩石的并不是纯净的水
炊烟被利斧砍断
笔直地停留在空中
阳光的虎皮条纹从墙上滑落
石头生长,梦没有方向
散落在草丛中的生命
向上寻找着语言,星星
迸裂,那发情的河
把无数生锈的弹片冲向城市
从阴沟里长出凶险的灌木
在市场上,女人们抢购着春天

雨中纪事

醒来,临街的窗户
保存着玻璃
那完整而宁静的痛苦
雨中渐渐透明的
早晨,阅读着我的皱纹
书打开在桌上
瑟瑟作响,好像
火中发出的声音
好像折扇般的翅膀
华美地展开,在深渊上空
火焰与鸟同在

在这里,在我
和呈现劫数的晚霞之间
是一条漂满石头的河
人影骚动着

潜入深深的水中
而升起的泡沫
威胁着没有星星的
白昼

在大地画上果实的人
注定要忍受饥饿
栖身于朋友中的人
注定要孤独
树根裸露在生与死之外
雨水冲刷的
是泥土，是草
是哀怨的声音

关于传统

野山羊站立在悬崖上
拱桥自建成之日
就已经衰老
在箭猪般丛生的年代里
谁又能看清地平线
日日夜夜,风铃
如纹身的男人那样
阴沉,听不到祖先的语言
长夜默默地进入石头
搬动石头的愿望是
山,在历史课本中起伏

辑三

(1984—1988)

八月的梦游者

海底的石钟敲响
敲响,掀起了波浪

敲响的是八月
八月的正午没有太阳

涨满乳汁的三角帆
高耸在漂浮的尸体上

高耸的是八月
八月的苹果滚下山岗

熄灭已久的灯塔
被水手们的目光照亮

照亮的是八月

八月的集市又临霜降

海底的石钟敲响
敲响,掀起了波浪

八月的梦游者
看见过夜里的太阳

这一步

塔影在草坪移动,指向你
或我,在不同的时刻
我们仅相隔一步
分手或重逢
这是个反复出现的
主题:恨仅相隔一步
天空摇荡,在恐惧的地基上
楼房把窗户开向四方
我们生活在其中
或其外:死亡仅相隔一步
孩子学会了和墙说话
这城市的历史被老人封存在
心里:衰老仅相隔一步

另一种传说

死去的英雄被人遗忘

他们寂寞,他们

在人海里穿行

他们的愤怒只能点燃

一支男人手中的烟

借助梯子

他们再也不能预言什么

风向标各行其是

当他们蜷缩在各自空心塑像的脚下

才知道绝望的容量

他们时常在夜间出没

突然被孤灯照亮

却难以辨认

如同紧贴在毛玻璃上的

脸

最终，他们溜进窄门
沾满灰尘
掌管那孤独的钥匙

无 题

永远如此

火,是冬天的中心

当树林燃烧

只有那不肯围拢的石头

狂吠不已

挂在鹿角上的钟停了

生活是一次机会

仅仅一次

谁校对时间

谁就会突然衰老

地铁车站

那些水泥电线杆
原来是河道里漂浮的
一截截木头
你相信吗
鹰从来不飞到这里
尽管各式各样的兔皮帽子
暴露在大街上
你相信吗
只有山羊在夜深人静
成群地涌进城市
被霓虹灯染得花花绿绿
你相信吗

无 题

对于世界
我永远是个陌生人
我不懂它的语言
它不懂我的沉默
我们交换的
只是一点轻蔑
如同相逢在镜子中

对于自己
我永远是个陌生人
我畏惧黑暗
却用身体挡住了
那盏唯一的灯
我的影子是我的情人
心是仇敌

孤 儿

我们是两个孤儿

组成了家庭

会留下另一个孤儿

在那长长的

影子苍白的孤儿的行列中

所有喧嚣的花

都会结果

这个世界不得安宁

大地的羽翼纷纷脱落

孤儿们飞向天空

菩　萨

流动着的衣褶
是你微微的气息

你挥舞千臂的手掌上
睁开一只只眼睛
抚摸那带电的沉寂
使万物重叠交错
如梦

忍受百年的饥渴
嵌在你额头的珍珠
代表大海无敌的威力
使一颗砂砾透明
如水

你没有性别

半裸的乳房隆起
仅仅是做母亲的欲望
哺育尘世的痛苦
使它们成长

诗 艺

我所从属的那座巨大的房舍
只剩下桌子,周围
是无边的沼泽地
明月从不同的角度照亮我
骨骼松脆的梦依旧立在
远方,如尚未拆除的脚手架
还有白纸上泥泞的足印
那只喂养多年的狐狸
挥舞着火红的尾巴
赞美我,伤害我

当然,还有你,坐在我的对面
炫耀于你掌中的晴天的闪电
变成干柴,又化为灰烬

挽　歌

寡妇用细碎的泪水供奉着
偶像，等待哺乳的
是那群刚出生的饿狼
它们从生死线上一个个逃离
山峰耸动着，也传递了我的嚎叫
我们一起围困农场

你来自炊烟缭绕的农场
野菊花环迎风飘散
走向我，挺起小小而结实的乳房
我们相逢在麦地
小麦在花岗岩上疯狂地生长
你就是那寡妇，失去的

是我，是一生美好的愿望
我们躺在一起，汗水涔涔
床漂流在早晨的河上

可疑之处

历史的浮光掠影

女人捉摸不定的笑容

是我们的财富

可疑的是大理石

细密的花纹

信号灯用三种颜色

代表季节的秩序

看守鸟笼的人

也看守自己的年龄

可疑的是小旅馆

红铁皮的屋顶

从长满青苔的舌头上

淌落语言的水银

沿立体交叉桥

向着四面八方奔腾

可疑的是楼房里

沉寂的钢琴

疯人院的小树

一次一次被捆绑

橱窗内的时装模特

用玻璃眼珠打量行人

可疑的是门下

赤裸的双脚

可疑的是我们的爱情

自昨天起

我无法深入那首乐曲
只能俯下身,盘旋在黑色唱片上
盘旋在苍茫时刻
在被闪电固定的背景中
昨天在每一朵花中散发幽香
昨天打开一把把折椅
让每个人就座
那些病人等得太久了
他们眼中那冬日的海岸
漫长而又漫长

我只能深入冬日的海岸
或相反,深入腹地
惊飞满树的红叶
深入学校幽暗的走廊
面对各种飞禽标本

在黎明的铜镜中

在黎明的铜镜中
呈现的是黎明
猎鹰聚拢唯一的焦点
台风中心是宁静的
歌手如云的岸
只有冻成白玉的医院
低吟

在黎明的铜镜中
呈现的是黎明
水手从绝望的耐心里
体验到石头的幸福
天空的幸福
珍藏着一颗小小沙砾的
蚌壳的幸福

在黎明的铜镜中
呈现的是黎明
屋顶上的帆没有升起
木纹展开了大海的形态
我们隔着桌子相望
而最终要失去
我们之间这唯一的黎明

期　待

没有长长的石阶通向
那最孤独的去处
没有不同时代的人
在同一条鞭子上行走
没有已被驯化的鹿
穿过梦的旷野
没有期待

只有一颗石化的种子

群山起伏的谎言
也不否认它的存在
而代表人类智慧
和凶猛的所有牙齿
都在耐心期待着
期待着花朵闪烁之后

那唯一的果实

它们等了几千年

欲望的广场铺开了
无字的历史
一个盲人摸索着走来
我的手在白纸上
移动,没留下什么
我在移动
我是那盲人

触　电

我曾和一个无形的人
握手，一声惨叫
我的手被烫伤
留下了烙印
当我和那些有形的人
握手，一声惨叫
他们的手被烫伤
留下了烙印
我不敢再和别人握手
总是把手藏在背后
可当我祈祷
上苍，双手合十
一声惨叫
在我的内心深处
留下了烙印

语　言

许多种语言
在这世界上飞行
碰撞，产生了火星
有时是仇恨
有时是爱情

理性的大厦
正无声地陷落
竹篾般单薄的思想
编成的篮子
盛满盲目的毒蘑

那些岩画上的走兽
踏着花朵驰去
一棵蒲公英秘密地
生长在某个角落

风带走了它的种子

许多种语言
在这世界飞行
语言的产生
并不能增加或减轻
人类沉默的痛苦

呼救信号

雨打黄昏
那些不明国籍的鲨鱼
搁浅,战时的消息
依旧是新闻
你带着量杯走向海
悲哀在海上

剧场,灯光转暗
你坐在那些
精工细雕的耳朵之间
坐在喧嚣的中心
于是你聋了
你听见了呼救信号

空　间

孩子们围坐在
环行山谷上
不知道下面是什么

纪念碑
在一座城市的广场
黑雨
街道空荡荡
下水道通向另一座
城市

我们围坐在
熄灭的火炉旁
不知道上面是什么

白日梦(长诗)

1

在秋天的暴行之后
这十一月被冰霜麻醉
展平在墙上
影子重重叠叠
那是骨骼石化的过程
你没有如期归来
我喉咙里的果核
变成了温暖的石头

我,行迹可疑
新的季节的阅兵式
敲打我的窗户
住在钟里的人们
带着摆动的心脏奔走
我俯视时间

不必转身
一年的黑暗在杯中

4

你没有如期归来
而这正是离别的意义
一次爱的旅行
有时候就像抽烟那样
简单

地下室空守着你
内心的白银
水仙花在暗中灿然开放
你听凭所有的坏天气
发怒、哭喊
乞求你打开窗户

书页翻开
所有的文字四散
只留下一个数字

——我的座位号码
靠近窗户
本次列车的终点是你

6

我需要广场
一片空旷的广场
放置一个碗,一把小匙
一只风筝孤单的影子

占据广场的人说
这不可能

笼中的鸟需要散步
梦游者需要贫血的阳光
道路撞击在一起
需要平等的对话

人的冲动压缩成
铀,存放在可靠的地方

在一家小店铺
一张纸币，一片剃刀
一包剧毒的杀虫剂
诞生了

9

终于有一天
谎言般无畏的人们
从巨型收音机里走出来
赞美着灾难
医生举起白色的床单
站在病树上疾呼：
是自由，没有免疫的自由
毒害了你们

存在的仅仅是声音
一些简单而细弱的声音
就像单性繁殖的生物一样
它们是古钟上铭文的
合法继承者

英雄、丑角、政治家
和脚踝纤细的女人
纷纷隐身于这声音之中

11

别把你的情欲带入秋天
这残废者的秋天
打着响亮呼哨的秋天

一只女人干燥的手
掠过海面,却滴水未沾
推移礁石的晚霞
是你的情欲
焚烧我

我,心如枯井
对海洋的渴望使我远离海洋
走向我的开端——你
或你的尽头——我

我们终将迷失在大雾中
互相呼唤
在不同的地点
成为无用的路标

13

他指着银色的沼泽说
那里发生过战争
几棵冒烟的树在地平线飞奔
转入地下的士兵和马
闪着磷光,日夜
追随着将军的铠甲

而我们追随的是
思想的流弹中
那逃窜着的自由的兽皮

昔日阵亡者的头颅
如残月升起
越过沙沙作响的灌木丛

以预言家的口吻说
你们并非幸存者
你们永无归宿

新的思想呼啸而过
击中时代的背影
一滴苍蝇的血让我震惊

15

蹲伏在瓦罐里的夜
溢出了清凉的
水,那是我们爱的源泉

回忆如伤疤
我的一生在你脚下
这流动的沙丘
凝聚在你的手上
成为一颗炫目的钻石

没有床,房间
小得使我们无法分离
四壁薄如棉纸
数不清的嘴巴画在墙上
低声轮唱

你没有如期归来
我们共同啜饮过的杯子
砰然碎裂

18

我总是沿着那条街的
孤独的意志漫步
哦,我的城市
在玻璃的坚冰上滑行

我的城市我的故事
我的水龙头我的积怨
我的鹦鹉我的
保持平衡的睡眠

罂粟花般芳香的少女
从超级市场飘过
带着折刀般表情的人们
共饮冬日的寒光

诗，就像阳台一样
无情地折磨着我
被烟尘粉刷的墙
总在意料之中

21

诡秘的豆荚有五只眼睛
它们不愿看见白昼
只在黑暗里倾听

一种颜色是一个孩子
诞生时的啼哭

宴会上桌布洁白

杯中有死亡的味道
——悼词挥发的沉闷气息

传统是一张航空照片
山河缩小成桦木的纹理

总是人,俯首听命于
说教、效仿、争斗
和他们的尊严

寻找激情的旅行者
穿过候鸟荒凉的栖息地

石膏像打开窗户
艺术家从背后
用工具狠狠地敲碎它们

23

在昼与夜之间出现了裂缝

语言突然变得陈旧

像第一场雪

那些用黑布蒙面的证人

紧紧包围了你

你把一根根松枝插在地上

默默点燃它们

那是一种祭奠的仪式

从死亡的山冈上

我居高临下

你是谁

要和我交换什么

白鹤展开一张飘动的纸

上面写着你的回答

而我一无所知

你没有如期归来

Copyright © 2015 by SDX Joint Publishing Company.
All Rights Reserved.
本作品版权由生活・读书・新知三联书店所有。
未经许可,不得翻印。

图书在版编目(CIP)数据

履历:诗选1972~1988 / 北岛著. —北京:
生活・读书・新知三联书店,2015.6 (2022.9重印)
(北岛集)
ISBN 978-7-108-05259-9

Ⅰ.①履… Ⅱ.①北… Ⅲ.①诗集-中国-当代
Ⅳ.①I227

中国版本图书馆CIP数据核字(2015)第032204号

责任编辑	冯金红
装帧设计	木 木
责任印制	董 欢
出版发行	**生活・讀書・新知** 三联书店
	(北京市东城区美术馆东街22号 100010)
网 址	www.sdxjpc.com
经 销	新华书店
印 刷	河北鹏润印刷有限公司
版 次	2015年6月北京第1版
	2022年9月北京第7次印刷
开 本	880毫米×1092毫米 1/32 印张4.875
字 数	71千字
印 数	48,001-51,000册
定 价	49.00元

(印装查询:01064002715;邮购查询:01084010542)